スナックこども

令丈ヒロ子・さく
まつながもえ・え

理論社

ゆのんは、モヤモヤしています。

さっきからねようとしているのですが、ぜんぜんねむれません。

というのは、今日《きょう》イヤなことがあったのです。

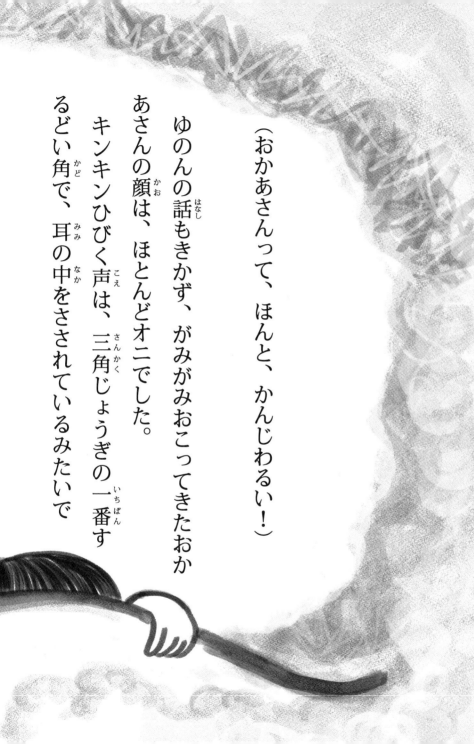

（おかあさんって、ほんと、かんじわるい！）

ゆのんの話《はなし》もきかず、がみがみおこってきたおかあさんの顔《かお》は、ほとんどオニでした。

キンキンひびく声《こえ》は、三角《さんかく》じょうぎの一番《いちばん》するどい角《かど》で、耳《みみ》の中《なか》をさされているみたいで

した。
おもいだしたら、むねの中《なか》に、もくもくとこい灰《はい》色《いろ》のけむりが立《た》ちあがり、うずまきます。
こんなきもちのときに、ねむれるはずありません。
（……こんなときには、あそこに行《い》くしかないよ。）

ゆのんは、ふとんをはねのけておきあがりました。そして、みじたくをはじめました。

まず、くつしたをはきます。

これから行《い》くところは、くつはいらないけれど、はだしだと足《あし》のうらがちょっとよごれるかもしれません。

それから、うわぎをはおりました。パジャマのままだと、ちょっとすうすうするかもしれません。

ベッドの下《した》にごそごそと、もぐりこむと。しぜんにあたりが広《ひろ》くなり、白《しろ》いきれいな一本道《いっぽんみち》があらわれます。

ちょっと暗《くら》いのですが、月《つき》も星《ほし》も出《で》ているので、ちゃんと前《まえ》が見《み》えます。

すずしい、いい風《かぜ》がふいてきて、どこからか、にぎやかな話《はな》し声《ごえ》が聞《き》こえてきたら、もう、すぐそこです。

「スナックこども」
ピカピカかがやく、まばゆいかんばんです！
そのかんばんを見《み》ただけで、きもちがぱあっと明《あか》るく
なります。
「こんばんは！」
ゆのんは、「おみせやってます」の字《じ》がうきでたドアを
開《あ》けて、中《なか》に入《はい》りました。

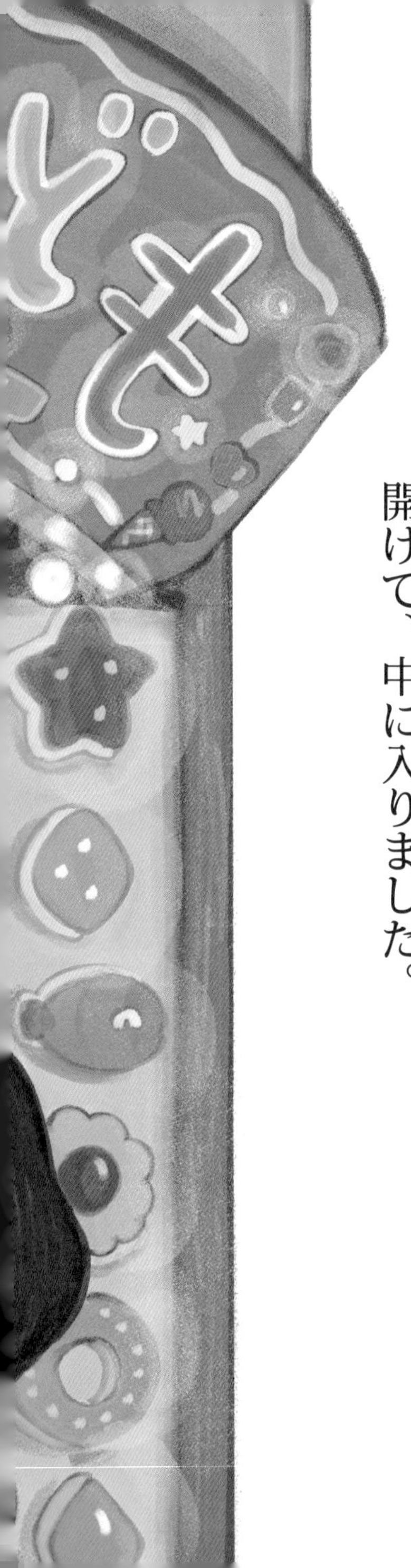

スナック
ようこそ
おみせ
やってます

「いらっしゃいませ！」

こどもママが、言《い》いました。

「いらっしゃいませ！　ひさしぶりですね。」

こどもマスターも、奥《おく》からあいさつしました。

「ゆのんさん、来《き》た来《き》た！」

「元《げん》気《き》だった？」

こどものおきゃくさんたちも、声《こえ》をかけてくれました。

このお店《みせ》は、こどもしか知《し》らないし、こどもしか入《はい》れないお店《みせ》なのです。おきゃくさんも、はたらいている人《ひと》もこどもです。

おてがるメニュー
やきとうもろこし
チョコバナナ
じゃがバター
ベビーカステラ
わたあめ
ポップコーン
まるごとメロンアイス
コーラ
こんげつのオススメ
クレープ
こどもさいこう!!
MELON

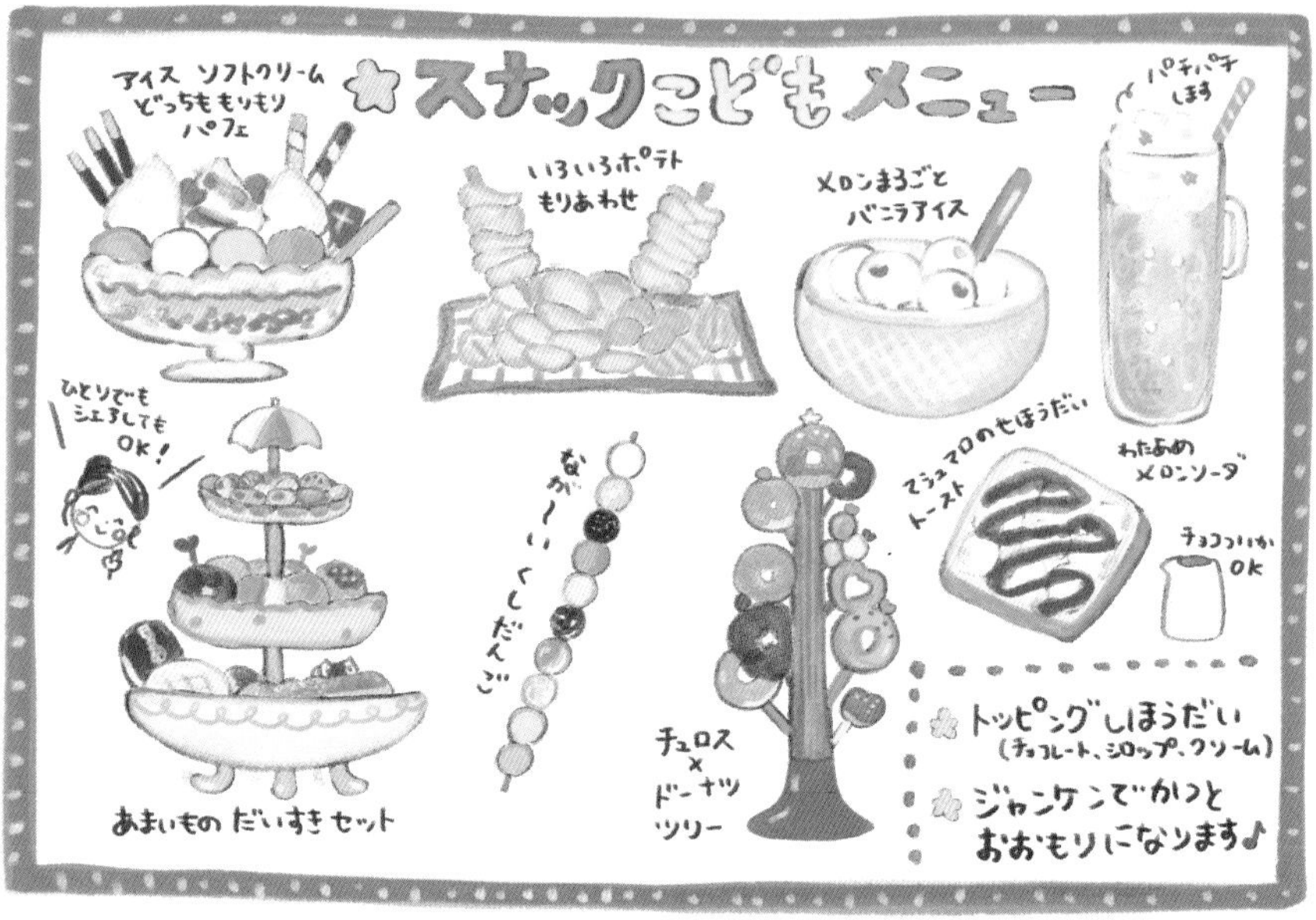

ゆのんは、一個《いっこ》だけあいていた席《せき》にすわりました。

「今日《きょう》は、なにかイヤなこと、ありましたか？」

パチパチと長《なが》いつけまつげでまばたきしながら、こどもママがきいてきました。こどもママはおしゃれや、おけしょうが大好《だいす》きなのです。

「そうなんだよ！　だから、もう、ぜったい今日《きょう》はこのお店《みせ》に来《き》たくって！」

「それはそれは。どうぞ、スッキリしていってくださいね。」

「ゆのんさん、お話《はな》しする前《まえ》に、なにかたのんだら?」

おとなりのせきから、ひまりが言《い》いました。ひまりはこのお店《みせ》で会《あ》ったらよく話《はな》す、おきゃくさんなかまです。

「そうだ。マスター、いつものください!」

ゆのんが、こどもマスターにそう言《い》うと、

「はい、いつものね。」

こたえるとすぐ、カッコいいつけひげをつけたこどもマスターが、ゆのんの好《す》きなものを出《だ》してくれました。

チェリーとアイスクリームが十《じゅっ》こずつのっている、大《おお》きなクリームソーダです。

いちご
スナック
うみの
サイダー

「わあ、これこれ！　おかあさんはアイスをちょっとしか食《た》べさせてくれないからね！」

「うちも、これ以上《いじょう》食《た》べちゃダメとか、うるさいったら！　だから、ここのお店《みせ》では、好《す》きなものを好《す》きなだけ食《た》べるんだ！」

そう言《い》うひまりは、ぼうのかたちのスナックがし、タ

ワーがた・ぜんしゅるいもりあわせを、たのんでいます。

「おかあさんさ、わたしにはいっぱい食《た》べちゃダメって言《い》うのに、この前《まえ》こっそり夜《よる》に、大《おお》きいカップのアイス食《た》べてたんだよ。ずるくない？」

ゆのんが言《い》うと、

「わかる！　うちのおかあさんも、自分《じぶん》はごはんもおやつもいっぱい食《た》べてる！」

ひまりも、からだをのりだして言《い》いました。

「おとなって、ずるいよね！」

「ねー。」

ゆのんとひまりは、うなずきあいました。

「あのさ、うちのおとうさんは、めっちゃからいのが好《す》きなんだ。」

そう言《い》いだしたのは、しょう。しょうも、ときどきこの店《みせ》で会《あ》う、おきゃくさんなかまです。

「口《くち》の中《なか》がびりびりするような、あんなおいしくないもの、どうして好《す》きなんだろう？」

しょうは、なん十《じゅう》まいもかさなっているホットケーキに、メープルシロップをなみなみとかけながら、ふしぎそうに言《い》いました。

「ああー、それわかる！　うち
のおとうさんは、にがいのが好《す》
きなんだよ。ビールとか。」

ゆのんは、つい声《こえ》が大《おお》きくなりました。

「めっちゃ、しおからいものとか、くさいものも、好《す》きだよね。」

しょうは、思《おも》い出《だ》すのもイヤそうに顔《かお》をしかめました。

「おとなって、ヘンだよね。」

「ほんとだよね。」

ゆのんはしょうと、うなずきあいました。

すると、ほかのせきの子《こ》たちも、
つぎつぎに言《い》いだしました。

「うちのおじいちゃんは、おさけは体《からだ》によくないとか言《い》いながら、ぜったいにやめないの。」

「うちのママも、ふとるからあまいものはもうやめるって言《い》って、やめたことないよ。」

「わかる！　なんで言《い》うことと、やることがあんなにちがうんだろう。ほん

と、おとなって……。」

「「「「わっかんないよねー！」」」」

みんなの声《こえ》が、ぴったりそろいました。

それがおかしくて、

「「「「あっはっは！」」」」

みんな、いっしょにわらいました。

「ああ、このお店《みせ》、さいこう。わらったら、ちょっとスッキリしたよ。」

ゆのんが言《い》うと、こどもママがマイクをもってきました。

「じゃあゆのんさん、一曲《いっきょく》うたったら？　もっとスッキリするわよ。」

「いいね！」

ゆのんはマイクをうけとりました。


このお店《みせ》のいいところは、話《はなし》だけでなく、うたでもモヤモヤをみんなに聞《き》いてもらえるのです。

「聞《き》いてください！　うちのおかあさんの今日《きょう》ヒドかったうた！」
ミニステージに立《た》って、ゆのんがそう言《い》うと、店《みせ》じゅうの子《こ》たちが、はくしゅしました。

♪おかあさん　おかあさん　ヒドイ
おかあさん　ひとの話《はなし》を聞《き》かない
いきなり　おこった
ぎゅうにゅうパックを　たおして
こぼしたのは　わたしじゃない

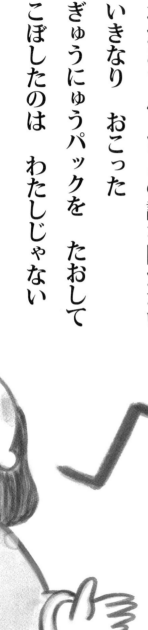

いもうとの　やったこと
わたしが　うっかりしてるって
きめつけてる　おかあさん
おかあさん　それヒドイ

心《こころ》のままにうかんだメロディにのせて、ゆのんはうたいあげました。

うたを聞《き》いた子《こ》たちは、

「それはヒドイ！」

「ゆのんさんがかわいそうだ！」

くちぐちに言《い》ってくれました。

（みんな、ありがとう！）

ゆのんはうれしくなって、二番《にばん》も
うたいました。

♪おかあさん　おかあさん　コワイ
おかあさん　おこった顔《かお》　オニ

おこりだしたら
止《と》まらない
あやまりなさいって
言《い》うけどさ
まちがってるのは
そっちだよ
どうして　きがつかないの？
おかあさん　おかあさん
やっぱりヒドイ

うたはいよいよもりあがり、みんなてびょうしをしながら、いっしょにうたいだしました。

♪おとなは　こどもに　あやまらなくても　いいのかな？

そんなはずない！
そんなはずない！

あやまりなさい
はんせいしなさい

いつも　こどもに
言《い》ってるじゃない

そっちも　そうして
ちゃんとしてよ
おとななんだから～

「「「「おとななんだから〜　おとななんだから〜」」」」

みんなで、だいがっしょう。

うたいおわっても、はくしゅがなりやみませんでした。

「はい、ゆのんさんの今《いま》のうたは、なん点《てん》だったでしょうか？」

こどもママが、そう言《い》って、マシンのスイッチをおしました。

すると。モニターに、どんと数字《すうじ》が出《で》ました。

「はい、モヤモヤ９８点《てん》！　ムカムカ４５点《てん》！　イライラ３９点《てん》　ぜんぶで１８２点《てん》です！」

おおーっと、みんな声《こえ》をあげました。
「すごい！　ゆのんさん、
180点《てん》をこえるなんて！
今日《きょう》のさいこうとく点《てん》よ！」
ひまりが、おどろいて目《め》を
まるくしました。
「よっぽど、モヤモヤ
してたんだね！」
しょうが、感心《かんしん》した
ように言《い》いました。

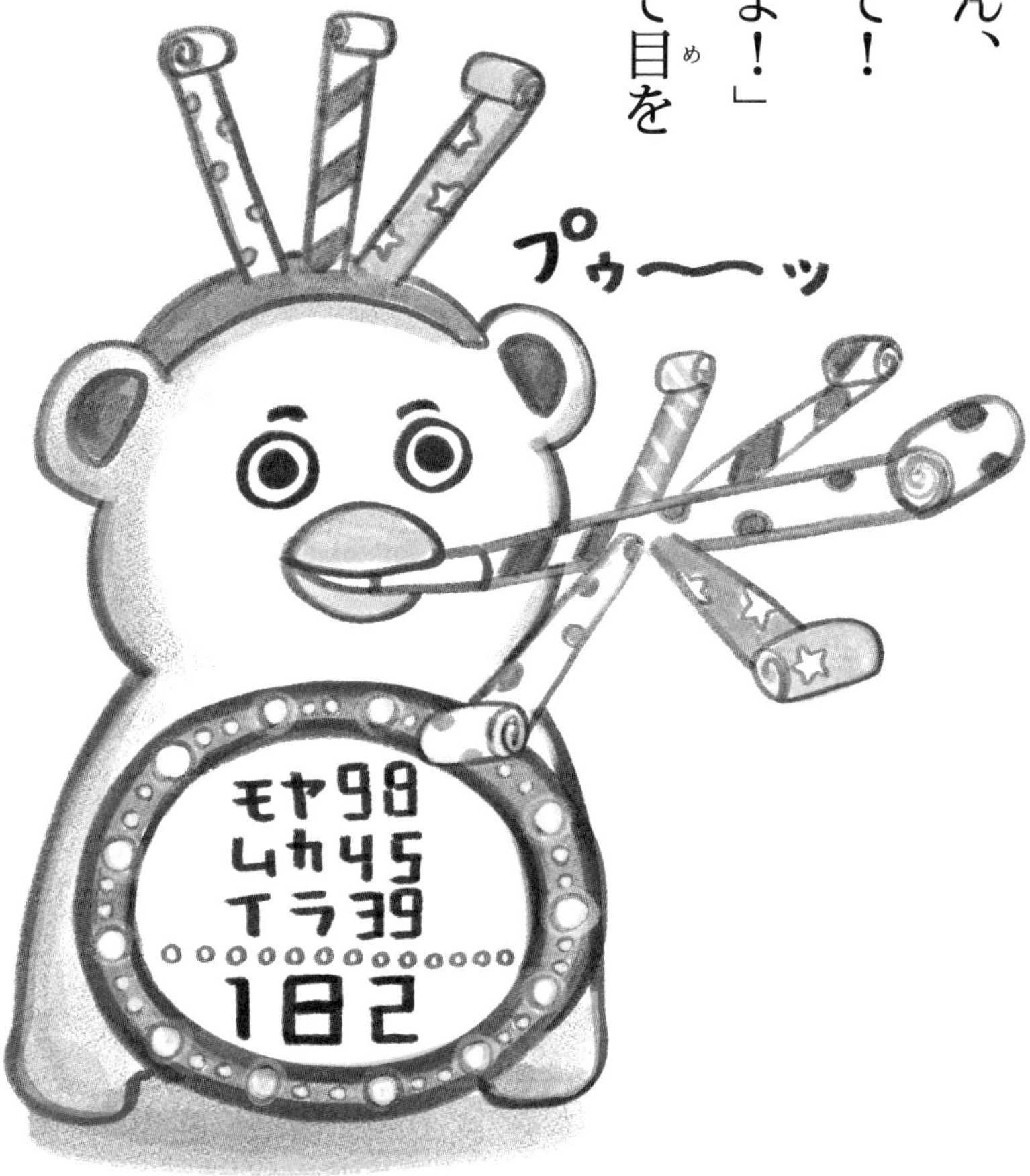

ゆのんはそれから、みんなといっしょにおどったり。

おとなのこまったところ・しりとりゲームでもりあがったり。

つごうがわるいと ごまかす
すぐやると言って やらない
いいカッコばかり するよ
よその子には やさしい!
たしかにー!!

おもいきり、たのしい時《じ》間《かん》をすごしました。

「あー、たのしかった！」

みんな、スッキリした顔《かお》で、ゆかにねっころがりました。

このお店《みせ》は、天井《てんじょう》があったりなかったりするので、そのときは、きれいな月《つき》と星《ほし》が見《み》えました。

みんな、なんとなく、しんとだまりました。

「……いつか、わたしたちもおとなになるのかな。」

ゆのんがつぶやくと、

「なるんだよね。きっと。」

ひまりが言《い》いました。

「それなら、いいおとなになりたいな。」

ゆのんが言《い》うと、みんながいっせいにうなずきま

した。

「ぼくは、ずるいことをしないおとなになりたい。」

しょうがきっぱり言《い》いました。

「わたしは、やるときめたことは、かならずやるおとなになりたい！」

ひまりがそれに続《つづ》きました。

「ぼくは、こどもに、こどものくせにって言《い》わないおとなになりたいな。」

「わたしは、おしゃれでもなんでもこどもといっしょにたのしくやる、おとなになりたい！」
ほかのみんなも、どんどん言《い》いました。

「なれるかな？」

「きっとなれるよ。」

「そうだよね。」

「みなさん、そろそろお店《みせ》をしめる時間《じかん》ですよ。」

こどもママが言《い》いました。

「もうそんな時間《じかん》かあ。」

なごりおしいですが、帰《かえ》らなくてはいけません。

「また、いらしてくださいね。」

「おまちしてますよ。」

「きっと、また来《く》るね。」

こどもママとこどもマスターにあいさつして、みんな店《みせ》を出《で》ました。

「みんな、またね！」

またね
きょうはおしまい

え、このお店《みせ》は、お金《かね》ははらわなくていいのかって？

それはしんぱいいりません。このお店《みせ》では「モヤモヤ・ムカムカ・イライラ回収《かいしゅう》そうち」があって、それさえもらえば、いいお店《みせ》なんです。

「みんな、スッキリしてよかったね！」

と笑《わら》いあうママとマスター。

ゆのんは、自分《じぶん》の部屋《へや》に帰《かえ》ってくると、くつしたとうわぎをぬいで、もとのばしょにもどしました。

そして、ぐっすりねむりました。

——つぎの日《ひ》
ごめんね。ゆのんのせいにしちゃって
プリン

いいよ、いいよ。ぜんぜん気《き》にしてないし～
ひろ
SUKKIRI

「また、いこうっと」

スナックこども

2024年4月　初版
2024年4月　第1刷発行

作者　令丈ヒロ子
画家　まつながもえ

発行者　鈴木博喜
発行所　株式会社 理論社
〒101-0062 東京都千代田区神田駿河台2-5
電話　営業 03-6264-8890　編集 03-6264-8891
URL＝https://www.rironsha.com

編集　小宮山民人
デザイン・組版　アジュール
印刷・製本　中央精版印刷

ISBN978-4-652-20618-8　NDC913　A5変型判　21cm　47P